AF177381

Stefan Fourier

Nebel

Hinter der Angst ist die Zukunft

ⓣ tredition

© 2024 Stefan Fourier

Druck und Distribution im Auftrag des Autors
tredition GmbH, Heinz-Beusen-Stieg 5, 22926
Ahrensburg, Deutschland

ISBN
Hardcover   978-3-348-19340-7
Paperback   978-3-348-19339-1

Zeit ist wie ein Fluss,
der im Ozean der Ewigkeit versinkt

EINS

Ich laufe. Unter meinen Füßen rinnt der Boden dahin. Ich denke, ich laufe durch die Welt. Das stimmt nicht. Die Welt läuft unter mir hindurch. So wie ich laufe, bewegt sich die Welt. Durch mein Laufen wird sie bewegt.

Viele laufen mit mir. Die meisten sind gleichauf. Einige hasten vorweg. Andere fallen zurück. Da ist Begegnung, Berührung, Unterstützung und Kampf.

Hinter mir liegt die Vergangenheit, vor mir die Zukunft. Ich laufe im Hier und Jetzt. Wer zurückfällt, verschwindet in der Vergangenheit. Für immer. Die Stärkeren drängen nach vorn. An die Spitze. In die Zukunft. Mit ihrer Anstrengung beschleunigen sie die Welt. Sie wird immer schneller unter unseren Füßen. Ich will, ich muss mithalten. Ich muss schneller sein, will näher an die Zukunft heran. Wer an der Spitze ist, kann vor den anderen handeln. Für ihn ist die Zukunft eher da.

Ich strenge mich an. Noch fällt es mir leicht. Ich dränge nach vorn. Beschleunige die Welt, ein bisschen zumindest. Wie lange noch? Wann werde ich zurückfallen? Wann verschwinde ich in der Vergangenheit? Die Angst davor und die Gier auf Zukunft treibt mich nach vorn.

Vor Jahrmillionen waren wir wenige. Wir waren schwach und bewegten uns langsam, sehr langsam. Die Welt unter uns kroch im Gleichklang. Sie schien grenzenlos weit. Um uns nicht zu verlieren, hielten wir uns eng beieinander. Die Zeit schien unendlich.

Vor uns lagen Gefahren. Sie lauerten in der Zukunft. Unsichtbar. Unerwartet fielen sie über uns her. Kälte, Stürme, Krankheiten, Hungersnöte, Kriege. In unser Hier und Jetzt drangen Raubtiere, Unfälle, Brände, stürzende Bäume. Sie alle kamen aus der Zukunft und bedrohten uns in der Gegenwart. Sie wüteten und verschwanden danach in der Vergangenheit, rissen stets einige von uns mit. Wer sie überstand, lief weiter.

Manche der Gefahren kehrten immer wieder. Wir lernten von ihnen und passten uns an. Andere kamen überraschend. Gegen sie waren wir machtlos. Wir *brauchten Glück. Einige von uns hatten es, andere nicht. Wir lernten, die Zukunft zu fürchten.*

Auch das Glück kam aus der Zukunft. Überraschende Ernten, eine gute Jagd, knappes Entkommen, Hilfe in der Not, unsere Kinder. Aber das Glück blieb verborgen, bis es in die Gegenwart drang. Wir hofften immer auf Glück, aber es zeigte sich nur, wenn es wollte.

Im Laufe der Jahrhunderttausende wurden wir mehr. Wir wurden stärker. Wir bewegten die Welt. Wir liefen schneller. Wir erkannten Muster, die sich in der Welt wiederholten. Ereignisse kamen regelmäßig aus der Zukunft, wirkten in der Gegenwart und verschwanden in der Vergangenheit. Tag und Nacht, Jahreszeiten, reife Früchte, die Wanderungen des Wildes, die Zeiten des Mangels, der Lauf der Gestirne, Kälte und Hitze, Regen und Dürre. Wir stellten uns besser darauf ein. Nicht immer gelang es.

Wir lernten die kleinsten Zeichen zu deuten, die auf lauernde Gefahren wiesen. Daraus entstanden Aberglaube und Wissenschaft, Kinder der gleichen Eltern. Sie brachten uns Vorsicht und Vorausschau. Wir nutzten sie, um uns besser zu schützen, es uns leichter zu machen, unsere Wunden zu heilen und um schneller zu werden. Das Rad, der Wagen, Autos, Flugzeuge, Maschinen und Computer. All dies beschleunigte unseren Lauf. Dadurch lief die Welt schneller unter unseren Füßen. Die Hast nahm zu. Unmengen an Nahrung, Medikamente und Bildung machten uns stärker. Wir konnten uns mehr anstrengen, hielten länger durch im Lauf. Dann fielen wir zurück und verschwanden in der Vergangenheit. Einzeln.

Wir versuchen, in die Zukunft zu schauen. Prognosen und Voraussagen bestimmen mehr und mehr unser Leben. Wissenschaftlich begründet oder aus Wünschen geboren. Wir planen unsere Zukunft, Urlaube, Projekte, Verabredungen. Wir glauben daran, dass Zukunft unseren Plänen folgt. Und wundern uns allzu oft. Jeden Tag laufen wir mit Plänen los. Die Zukunft wirft sie uns um. Wir wissen das, aber unser Glaube ist stärker als unser Wissen. Er lässt uns laufen, jeden Tag aufs Neue. Weil wir daran glauben, dass jeder Tag so wird, wie wir ihn uns gedacht haben, starten wir morgens, laufen, rennen, hasten.

Wir laufen nie allein. Stets sind andere um uns. Wir berühren uns. Zärtlich, heftig, zufällig, absichtsvoll. Manche laufen eine Weile gemeinsam. Das macht es leichter. Zunächst. Wir spornen uns an, stützen uns gegenseitig. Wir behindern uns und schleppen andere mit.

Wir zeugen und laufen der Geburt unserer Kinder entgegen. Wir warten auf sie. Eines Tages sind sie da, aus der Zukunft geboren, während Alte in der Vergangenheit versinken. Kinder bremsen unseren Lauf, verlangen mehr Anstrengung. Sie mobilisieren unsere Kräfte, und verbrauchen sie. Sie zahlen mit ihrer Jugend zurück, mit ihrer Fröhlichkeit und Wildheit, mit Aufmerksamkeit. Sie ahmen uns nach. Dafür lieben wir sie. Sie laufen erst langsam, an unserer Hand. Dann schneller und neben uns. Später rennen sie allein, entfernen sich. Sie treiben die Welt weiter, immer schneller. Sie entschwinden unseren Blicken.

Mit der Zeit bürden wir uns mehr auf, schleppen Bal-
last mit uns, Dinge, die wir glauben zu brauchen. Wir
bauen Häuser, die wir vollstellen. Wir tragen Schmuck
und Unmengen an Kleidung. Wir häufen Besitz. Er
schafft Sicherheit, Annehmlichkeiten, Ansehen. Er macht
uns träge, lässt uns langsamer laufen. Um mitzuhalten,
brauchen wir Beschleuniger. Pferdekutsche, Eisenbahn,
Auto, Flugzeug, Telefon, Internet. Alles beschleunigt
uns. Ohne Beschleuniger fallen wir zurück. Wir brau-
chen mehr davon, mehr und mehr.

Ich laufe, dränge nach vorn. Der Weg liegt vor mir.
Was kommt hinter der nächsten Biegung?

ZWEI

Ich fahre zur Arbeit. Es regnet. Der Scheibenwischer schafft es kaum. Ich schalte ihn eine Stufe höher. Der Verkehr wird dichter, je näher ich der Stadt komme. In Gedanken gehe ich meine Termine durch. Teambesprechung 9 Uhr, ab 10 Uhr kommen Kunden, denen ich unsere Projekte präsentieren werde. Dann gemeinsam zum Essen, anschließend E-Mails bearbeiten und noch eine Diskussion über die Einführung der neuen Software. Dazwischen Telefontermine. Am Ende des Tages mit der Liebsten ins Kino. Alles klar, perfekt geplant. Ich grinse vor mich hin. Mein Blick gleitet über das Wurzelholz der Mittelkonsole. Luxus. Ich fühle mich wohl darin. Sicher und geborgen. Ich will mehr davon. Reichtum gibt mir Sicherheit.

Meine Zukunft in der Firma schillert in verlockenden Farben. Demnächst werde ich Partner, denn mein Projekt in Dubai läuft fantastisch. Irgendwann wird dann der nächste Schritt kommen, in die Geschäftsführung. Ich will nach oben, an die Spitze.

Ich steuere um die Kurve. Der vorausfahrende Wagen nimmt mir die Sicht und schleudert Wassermassen gegen die Windschutzscheibe. Ich sehe die Gefahr nicht, die mir die Zukunft bereithält. Sie stürzt sich auf mich. Es kracht. Es wird dunkel.

Schmerz dringt in mein Bewusstsein. Dahinter sind Stimmen. Sie stören, rütteln an mir. Ich versuche, mich aufzurichten. Sinke zurück. Dann wieder Schmerz, Stimmen. Jetzt schaffe ich es. Ich sehe ein Gesicht über mir.

„Hören sie mich? Sie hatten einen Unfall. Wie ist ihr Name? Wie heißen sie?"

Ich sage meinen Namen.

„Wie alt sind sie? Welches Datum ist heute?"

Was soll dieser Blödsinn? Ich will endlich wissen, was los ist. Wo bin ich hier? Ist noch alles an mir dran?

„Sie machen ja schon wieder Witze. Na prima. Sie hatten einen Unfall."

Das weiß ich. Der Typ soll endlich zur Sache kommen.

„Sie haben einen Schock. Thorax-Quetschungen, mehrere komplizierte Frakturen der Beine und starke Blutungen, die wir aber gestillt haben. Alles weitere müssen wir abwarten."

„Was ist mit meinen Beinen?"

„Wissen wir noch nicht genau. Am besten, sie schlafen jetzt wieder. Ich gebe ihnen etwas gegen die Schmerzen."

Ich versinke wieder.

Ich bin noch nicht in der Vergangenheit, aber ich laufe nicht mehr. Unter mir läuft die Zeit. Ich stehe still, bin erstarrt. Die Luft sinkt schwer auf mich herab. Sie wird dichter, undurchdringlich, bedrückt mich. Keine Bewegung mehr. Hitze steigt empor. Ich ringe um Atem.

Vor mir Stümpfe. Wo sind meine Beine? Angst um mich herum. Kriecht näher. Nimmt Besitz. Mit ihr kommen die Stümpfe näher, immer näher.

Sie sind dunkelrot, von hellen Adern durchzogen. Darin pulsiert das Blut, Leben. Ich fasse sie an. Warm und straff. Angenehm. Ein Teil von mir.

Ich schaue nach der Angst. Sie ist entfernt. Lauert. Kriecht wieder näher. Verliere ich meine Beine?

Ich wende mich ab. Was kann ich mit den Stümpfen machen? Ich setze sie auf und spüre den Boden. Angst zieht sich zurück.

Ich versuche zu laufen. Es geht nicht. Angst kommt näher. Ich nehme die Arme zu Hilfe, strenge mich an.

Angst weicht zurück. Ich nehme sie nur noch aus den Augenwinkeln wahr, konzentriere mich auf meine Anstrengung. Angst ist gebannt.

Der Raum um mich wird heller. Konturen entstehen. Alles verschlingt ineinander. Dreht sich. Rot steigt auf, wird braun, wird schwarz. Dunkelheit. Zeit läuft, ich stehe still.

DREI

Die Liebste sitzt auf meinem Bettrand. Sie legt ihre Hand an meine Wange. Ich spüre die Stoppeln.

„Müsste mich mal wieder rasieren", grinse ich sie an.

Sie lacht. „Du machst schon wieder Sprüche. Dabei hast du mir einen Riesenschreck eingejagt. Du hast ja so ein Glück gehabt."

Glück fühlt sich anders an.

„Was ist mit meinen Beinen?" Ich bekomme Panik, zerre an der Bettdecke, schiebe sie zur Seite. Da liegen sie ja, friedlich nebeneinander. Ich sinke erleichtert zurück.

„Was hast du denn? Deine Beine sind in Ordnung. Du hast ein paar Rippen gebrochen, den linken Arm auch. In beiden Beinen ist jetzt Metall. Ziemlich kompliziert und übel. Sie dachten erst, sie müssten amputieren. Wird alles eine Zeit dauern, bis du wieder fit bist. Sie haben dich hier gut zusammengeflickt. Jetzt bist du auch nicht mehr auf Intensivstation. Hast lange geschlafen."

„Wie lange", murmele ich.

„Immerhin drei Tage. Inzwischen ist eine Menge passiert. Im Kino war ich natürlich nicht, das holen wir nach. Dein Chef hat nach dir gefragt. Er macht sich mehr Sorgen um dein Projekt als um dich. Das sagt er natürlich nicht, aber er wollte wissen, ob du wenigstens ein paar wichtige Telefonate erledigen kannst. Die Leute in Dubai sollen schon nervös werden. Er wird dich bald anrufen. Ich habe zwar gesagt, dass er damit noch warten soll, aber du kennst ihn ja. Musst du selbst wissen, ob du rangehst. Dein Handy habe ich dir auf den Nachttisch gelegt."

Mir schwinden die Sinne. Sie merkt es nicht, redet weiter.

Sie läuft und läuft, ich verharre, bleibe zurück. Sie läuft mir davon. Verliere ich sie? Angst steigt auf. Sie ist gelbgrüner Nebel: Was soll jetzt werden? Die Firma rennt weiter. Ich muss mit. Unbedingt. Wenn du nicht durchhältst, bist du raus, echot die Angst, heiser, flüsternd. Immer wieder und wieder. Diese Angst hämmert in meinem Kopf. Ohne den Job steigst du ab. Als erstes gibst du den Wagen zurück. Dann das Haus.

Zahlen steigen hoch aus dem gelbgrünen Nebel, quellen über. Meine Schulden. Sie fluten über mich. Was wollen sie hier? Sie sollten doch in der Zukunft bleiben. Jetzt kommen sie plötzlich ganz nah. Sie drücken auf meine Brust, quetschen das Letzte aus mir heraus. Du verlierst alles, quält mich der gelbgrüne Angstnebel.

Ich sehe vertraute Gesichter. Sie schauen in die Ferne. Die Liebste ist weit voraus. Auch sie wirst du verlieren, wispert es gelbgrün. Mein Herz schrumpft.

Ich höre eine Melodie. Einen Chor zarter Süße. Ich folge ihm. Er füllt mich. Die Angst schwindet.

Ich laufe über eine karge Ebene. Ich bin allein, seltsam leicht. Ich strenge mich nicht an, mir fehlt die Kraft dazu.

Ich beschleunige die Welt nicht mehr. Renne nicht mehr den anderen voraus. Ich laufe mit, laufe mit. Die Angst ist in die Vergangenheit gewichen. Habe ich sie überwunden? Ich muss lachen. Ich kann ja nicht einmal gegen sie kämpfen. Immer wenn ich mich ihr stelle, wird sie mächtiger. Wende ich mich von ihr ab, anderen Gedanken zu, dann schwindet sie und der Nebel lichtet sich.

Ich bin sicher, dass die Angst auf mich lauert. Sie hockt in der Zukunft und wartet auf ihre nächste Gelegenheit. Dann wird sie über mich herfallen. Ich habe keine Angst mehr vor ihr. Keine Angst vor der Angst. Ich kann sie nicht besiegen, aber ich kann sie links liegen lassen. Wenn ich mich mit anderen Gedanken beschäftige, verdränge ich sie. Je mehr Aufmerksamkeit sie bekommt, desto mächtiger wird sie. Lass mich an etwas anderes denken.

VIER

Ich erwache. Durchs Fenster blinkt die Sonne. Töne dringen herein. Vogelgezwitscher. Immer diese Spatzen, muss ich denken und lächle vor mich hin. Weit dahinter höre ich das Geschrei von Kindern. Ich richte mich auf. Schmerz durchzuckt mich. Vorsicht, mahnt er mich. Ich taste mich an die Grenze und komme langsam hoch, stütze mich mit dem rechten Arm ab. Der linke hängt unbrauchbar in einem steifen Verband.

Ich bin allein im Zimmer. Neben dem Bett steht ein kleiner Schrank auf Rollen. Darauf liegt mein Telefon. Ich greife danach, aber ich kann es nicht erreichen. Ich sinke zurück. Muss eigentlich auch nicht sein, denke ich. Mir kommt das Bild der kargen Ebene vor Augen, über die ich gerade gelaufen bin. Mitgelaufen, nicht vorneweg gelaufen. Dabei fühle ich mich wohl. Keine besondere Anstrengung, nur Ruhe.

Ich starre die Tür an. Irgendwann wird sie sich öffnen. Nicht jetzt. In der Zukunft. Was wird durch die Tür kommen? Was wird aus der Zukunft in meine Gegenwart dringen? Mir wird heiß bei dem Gedanken. Ungewissheit. Aufregung. Wenn die Tür sich öffnet, wird etwas hereinkommen. Das nächste Unglück? Oder Glück? Ich weiß es nicht, liege still, muss still liegen, obwohl die Unruhe in mich dringt. Ich atme mehr, mache einen tiefen Schnaufer. Ich starre die Tür an.

Klopfen. Die Tür geht auf. Ein weißer Kittel kommt herein.

„Ich bin Oberärztin Schubert", stellt sie sich vor, lächelt kurz und schaut in die Papiere in ihrer Hand. „Sie wissen, was passiert ist?"

„Nicht so richtig", sage ich zögernd.

Sie schaut mich an.

„Sie hatten einen Unfall." Sie blättert in den Papieren. Es raschelt. „In meinen Unterlagen steht, dass ein LKW in ihren Wagen gefahren ist. Sie mussten herausgeschnitten werden. Alles in allem haben sie Glück gehabt."

Schon wieder. Glück fühlt sich anders an. Ich bin nicht sicher, fange an, es zu glauben.

„Wenn sie es sagen." Ich versuche mich aufzurichten.

„Das lassen sie mal lieber bleiben." Sanft drückt ihre Hand mich wieder nieder. „Für solche Übungen kommt die Physiotherapie. Jetzt ruhen sie sich einfach aus. Sie haben hier keinen Job. Das erledigen wir für sie." Schmales Lächeln. „Sie haben einige Frakturen. Ihre Beine mussten wir osteosynthetisch versorgen."

Ich räuspere mich und schaue sie verständnislos an.

„Wir haben Metall eingesetzt. Dadurch konnten wir die Beine retten. Einige Muskeln und Sehnen sind beschädigt und müssen jetzt verheilen. Sie werden länger nicht funktionieren. Dann müssen sie wieder gehen lernen."

Sie schlägt die Bettdecke zurück und zwickt in mein rechtes Bein. „Spüren sie etwas?"

„Ja, sie drücken ja kräftig genug. Tut weh."

„Das ist gut. Wo Schmerz ist, da ist Leben." Wieder das schmale Lächeln. „Wirklich Glück gehabt. Aber sie werden eine Weile brauchen, bis sie wieder richtig laufen können. Heute Nachmittag beginnen wir damit. Dann werden wir weitersehen."

Sie steht auf und wendet sich zur Tür. „Gute Besserung und bis morgen." Die Tür fällt mit leichtem Klicken ins Schloss.

War das jetzt gut oder schlecht, was durch die Tür hereingekommen ist? Klang erst einmal nicht schlecht. Ich werde Geduld brauchen. Das ist nicht meine Stärke. Muss ich lernen. Aber was kommt danach? Wie lange falle ich aus? Was wird mit meinem Job? Ich falle in Halbschlaf.

Furcht kriecht heran. Es ist alles offen. Die Zukunft wartet noch. Sie hat sich noch nicht entschieden, was sie mir geben will. Und nicht, wann sie sich offenbaren will. Ich bäume mich auf, will ihr entgegengehen. Aber ich komme nicht voran. Es ist, als wäre ich festgeklebt, als würden mich unsichtbare Fesseln hindern. Die Furcht nutzt ihre Chance, kommt näher, wächst zur Angst. Schweiß bricht mir aus. Ich kann mich nicht wehren. Was geschieht um mich herum? Alles zerbricht. Scherben überall. Trümmer und Nebel. Ich muss etwas tun, etwas tun, etwas tun.

FÜNF

„Sie sind ja in Schweiß gebadet. Warten sie, ich hole ihnen ein Handtuch."

Die Stimme entfernt sich. Ich taumele aus den Nebeln meiner Träume hoch, öffne die Augen. Da kommt die kräftige Frau auf mich zu, reicht mir ein Handtuch.

„Wischen sie sich mal ein bisschen den Schweiß ab. Da kann ich gleich sehen, wie sie sich bewegen. Ich bin Frau Gündogan, ihre Physiotherapeutin", stellt sie sich mit einem leichten Nicken vor.

Ich mustere sie, während ich mich mühsam mit dem Handtuch abwische. Der Schmerz setzt mir Grenzen. Sie hat schwarze, lockige Haare, mit ersten grauen Fäden durchzogen. Die kräftigen Arme stemmt sie in die Hüften und beobachtet meine Mühe.

„Da haben wir einiges zu üben. Am besten fangen wir heute mal mit ihren Beinen an", sagt sie und schlägt meine Decke zurück. Dann beginnt sie, mein linkes Bein anzuheben, winkelt es vorsichtig an, streckt es wieder. So geht es ein paarmal, dann kommt das rechte Bein. Die Bewegung fühlt sich komisch an, irgendwie willenlos. Das bin nicht ich, der da bewegt. Aber es tut nicht weh.

„Das sollte für heute reichen." Sie rollt ein Gestell heran, so dass ein paar Griffe über meinem Kopf schaukeln.

„Ziehen sie sich mal an den Griffen nach oben." Ich versuche es. Nur allein mit dem rechten Arm misslingt es. Mir tut der ganze Brustkorb weh.

„Da müssen sie aber noch ein bisschen üben", schmunzelt sie. Dann stützt sie mich unter der Schulter. Ich komme hoch.

„Das üben sie jetzt mindestens einmal pro Stunde. Morgen komme ich wieder. Dann arbeiten wir mit den Beinen weiter. Da müssen wir noch vorsichtig sein. In ein paar Tagen können sie versuchen aufzustehen. Danach geht es raus und in die Reha. Aber mit dem Arm sollten sie schon fleißig üben, damit er kräftiger wird."

Ich nicke. Da habe ich wenigstens etwas zu tun.

Frau Gündogan nimmt das Handtuch, schaut es an.

„Oder soll ich es ihnen hierlassen, falls sie wieder schwitzen?" Ich nicke.

„Wann gibt es Essen?", will ich wissen.

„In einer Stunde kommt das Abendbrot. Schön, dass sie schon wieder Appetit haben", lächelt sie mir aufmunternd zu.

Ich habe keinen Appetit, aber ich brauche Beschäftigung.

Frau Gündogan verabschiedet sich und schließt die Tür, etwas lauter als die Ärztin. Ich ziehe mich noch ein paarmal mit einem Arm an diesen Griffen hoch, versuche es, ein kleines Stück zumindest. Dabei fällt mein Blick auf das Handy. Vielleicht kann ich es jetzt erreichen? Mit Anstrengung ziehe ich meinen Oberkörper an den linken Bettrand. Dann drehe ich mich auf die linke Schulter. Schmerz. Ich angele nach dem Telefon. Es klappt, ich sinke erschöpft in die Kissen zurück.

Wen rufe ich jetzt an? Zuerst den Chef. Der soll nicht denken, dass ich schlapp mache. Positiv ist angesagt.

Ich rufe die Nummer auf und lasse es klingeln. Ich kann jetzt nicht sprechen, erscheint auf dem Display. Okay, ich kann warten. Kann ich das wirklich? Oder muss ich. Die Zeit verrinnt, langsam. Ich döse, ergebe mich langsam in die Erschöpfung.

Vor mir liegt eine weite Ebene. In der Ferne entsteht die Zukunft. Ich kann sie erst sehen, wenn sie in meine Gegenwart rollt. Sie liegt wie im Nebel, aber es ist meine Zukunft. Sie hält ihre Ereignisse für mich bereit. Sie passen zu meiner Gegenwart, manchmal überraschen sie mich. Andere erleben andere Zukünfte. Nur die mit mir laufen, werden von den Ereignissen meiner Zukunft berührt.

Ich laufe schneller, um die Zukunft eher zu sehen. Vielleicht kann ich sie beeinflussen. Zukunft gestalten, ist so ein geflügeltes Wort. Je schneller ich renne, desto schneller weicht die Zukunft zurück. Sie bleibt immer vor mir. Wenn ich glaube sie zu erreichen, ist sie schon in der Gegenwart. Nur dort kann ich sie erkennen und verändern. In der Zukunft bleibt sie ein Rätsel. Sie lässt sich nicht greifen, erst recht nicht gestalten. Ist sie vorbestimmt?

Was ist, wenn ich jetzt abbiege, den geraden Weg in die Zukunft verlasse? Dann treffe ich auf eine andere Zukunft. Andere Ereignisse werden über mich kommen,

gute wie schlechte. Die Zukunft hält Verschiedenes be-
reit. Zukunft enthält Möglichkeiten, viele Möglichkeiten,
alles an Möglichkeiten. Zukünfte. Mit meinen Bewegun-
gen in der Gegenwart, je nachdem, wohin ich laufe, für
welche Richtung ich mich entscheide, bestimme ich, wel-
che Zukunft auf mich wartet. Also kann ich doch über
meine Zukunft bestimmen? Ich habe die Wahl, in welche
Zukunft ich laufe.

Wirklich? Dazu müsste ich Zukunft kennen. Eine
wirkliche Wahl habe ich nur zwischen Dingen, die ich
kenne. So wähle ich zwischen Dingen, die ich nicht
kenne. So schnell ich auch renne, die Zukunft weicht
stets zurück, bleibt im Nebel. Ich kann sie nicht sehen,
versuche, sie zu erahnen, mit meinen Plänen vorwegzu-
nehmen. Es ist vergebens, sie überrascht mich immer
wieder mit Ereignissen, die ich nicht sehen konnte, die
ich nicht geplant hatte, die ich mir nicht einmal vorstel-
len konnte.

Ich drehe mich im Kreis. Die Zukunft gestalten – der
Zukunft ausgeliefert sein. Kontrolle über mein Leben

haben – im Strudel der Zeit untergehen. Ich drehe mich

immer schneller. Immer schneller. Kein Ausweg.

SECHS

„Abendbrot", eine Stimme reißt mich heraus. Ein junger Schwarzer kommt mit einem Tablett durch die Tür.

„Ich bin Artur und hier für alles Gute und Schöne zuständig," kräht er fröhlich. Er verbreitet Frische, Bewegung. Sein Grinsen steckt an. Er klappt eine Tischchen nach oben und schiebt es über meinen Unterkörper. Dann drückt er auf einen Knopf an einer Schnur, die rechts von meinem Bett hängt. Mein Oberkörper richtet sich auf. Aber ich bin noch ziemlich verrutscht. Er packt mich unter den Schultern und zieht mich zurecht, so dass ich bequem sitze. Er stellt das Tablett vor mir ab. Schaut sich alles prüfend an, grinst zufrieden und nickt mir aufmunternd zu.

„Guten Appetit", und schon verschwindet er wieder aus dem Zimmer. Die Tür fällt mit leichtem Klicken ins Schloss.

Ich hebe den grauen Plastikdeckel und lege ihn zur Seite. Darunter ein Teller, zwei Scheiben Brot, etwas Butter, Wurst, Käse. Daneben eine kleine Kanne mit Tee. Ich schenke mir etwas davon in eine dickwandige Tasse. Er ist lauwarm. Ich kann ihn trinken, ohne mir den Mund zu verbrennen. Er schmeckt nach Minze und Hagebutte. Dann versuche ich, die Butter aufs Brot zu schmieren. Die Scheibe rutscht immer wieder weg, weil ich nur eine Hand zur Verfügung habe. Ich schiebe sie vom Teller. Am Rand des Tabletts findet sie ein bisschen Halt. Die Butter verteilt sich schlecht und recht übers Brot. Darauf Wurst und Käse übereinander, darauf die zweite Brotscheibe. Doppeldecker, denke ich, und vor meinem inneren Auge erscheint das Bild eines saftigen Hamburgers. Kurz steigt sein Duft in mir hoch. Ich beiße in das belegte Brot und kaue mit Andacht. Es macht mich zufrieden.

Ich habe noch nicht die Hälfte geschafft, als die Tür auffliegt. Chef rauscht herein, in den Händen einen blühenden Busch im Topf.

„Hallo, mein Lieber. Du machst ja Sachen." Er schaut sich um, findet aber keinen Platz, um das Mitbringsel abzustellen. Kurz entschlossen platziert er es vor dem Fenster auf dem Fußboden. Er findet eben immer eine praktische Lösung. Dann wendet er sich mir zu, verharrt kurz, mustert mich in meinen Verbänden und fängt mit seiner immer etwas zu lauten Stimme an zu reden.

„Ich komme am besten gleich mal selbst vorbei. Ist besser als zu telefonieren. Da kann ich mir ein genaueres Bild machen. Ich muss fürs Projekt in Dubai disponieren. Das kann ja bei dir noch eine Weile dauern", schätzt er die Lage ein und zieht auf für ihn typische Weise die Augenbrauen nach oben. Ich kenne diesen Blick. Hinter seiner Stirn kalkuliert er Chancen und Risiken. Er scheint zu einem Entschluss gekommen zu sein.

„Wie fühlst du dich?", wendet er sich mir zu. Meine Antwort wartet er nicht ab.

„Mach dir keine Sorgen. Wir schaffen das. Ich setze erstmal den Wichert auf das Projekt. Er müsste ja alle Informationen haben und wird das schon hinbekommen. Wenn er Fragen hat, kann er dich anrufen?" Sein Blick ist wieder abschätzend.

„Klar, jederzeit," sage ich kurz angebunden. Er weiß genau, dass es zwischen Wichert und mir immer Meinungsverschiedenheiten bei dem Projekt gegeben hat. Für mich steht der Kunde an erster Stelle, für Wichert das Ergebnis und sein eigener Erfolg.

„Was soll ich denn sonst machen?" fragt er und blickt mich herausfordernd an. „Das Projekt ist extrem wichtig für uns, weißt du ja. Wenn du mich so plötzlich sitzen lässt, muss ich schnell einen Ersatzmann finden, auch wenn er längst nicht so gut ist wie du." Das sollen Scherze sein.

„Ich muss los", rafft er sich auf, nickt mir aufmunternd zu. „Wir schaffen das. Und mach dir keine Sorgen. Wenn du zurückkommst, bekommst

du deinen Job wieder. Jetzt musst du gesund werden und wieder zu Kräften kommen. Tschüss und
gute Besserung."

Und schon ist er wieder raus. Vor mir liegt das
halb aufgegessene Brot. Gedankenverloren schenke
ich mir Tee nach, verschütte etwas aufs Tablett. Mir
ist der Appetit vergangen. Der Wichert wird seine
Chance nutzen und sich im Projekt breit machen.
Gefahr zieht auf, kriecht aus dem Nebel der Zukunft heran. Ich kann nichts tun, liege hier herum
und muss warten, bis ich wieder auf den Beinen bin.
Wenn Chef sagt, dass ich mir keine Sorgen machen
soll und er mir meinen Job wiedergeben wird, dann
denkt er längst über Alternativen nach. Mindestens
hält er sie für möglich. Und wenn Möglichkeiten
erste einmal ins Bewusstsein rücken, werden sie
ganz schnell zur Realität. Und ich kann nichts machen. Nur grübeln.

*Was wird jetzt werden? Ich bin abgehängt. Angst
schleicht heran, nimmt mir den Atem. Sie ist blassblau,*

sieht krank aus. Sie dringt durch alle Ritzen, kriecht an meinem Bett hoch und windet sich in mich hinein. Es ist, als wenn sie mich einfriert. Sie stellt meine Existenz infrage. Ich bin abgehängt, die anderen laufen weiter. Sie werden immer schneller und ich stehe still, fixiert in Verbände und ans Bett genagelt. Ich sehe Gefahren, die in der Zukunft lauern, male sie aus, mache sie größer. Erst verliere ich den Kunden, dann den Job. Meine Schulden überwältigen mich. Die Liebste läuft mit den anderen. In mir beginnt es zu wirbeln. Die Angst hat mich gepackt. Ich schreie vor Schmerz.

SIEBEN

„Wie haben sie geschlafen?", fragt die Schwester, als sie morgens ins Zimmer kommt.

„Geht so", antworte ich mürrisch. Ich habe keine Lust auf Gespräch. Sie geht darauf ein. Wortlos misst sie Puls, Temperatur und Blutdruck, notiert die Werte auf dem Blatt, das auf einem Klemmbrett liegt. Dann bringt sie mir einen feuchten Lappen für meine Morgentoilette, einen Kamm und die Zahnbürste. Aus einer Tube drückt sie Zahnpasta auf die Borsten.

„Putzen können sie selbst. Ich bringe ihnen noch ein Glas Wasser zum Spülen und einen Spucknapf." Während ich mir die Zähne schrubbe, eilt sie geschäftig hin und her. Als ich fertig bin, trägt sie die Sachen ins Bad. Dann verlässt sie den Raum. Ich schaue mich um. Draußen, vor dem Fenster, ist es noch dunkel. Im Gebäude sind Geräusche, unverständliche Stimmen. Ich versuche, mich mit dem rechten Arm an einem der Griffe über mir hochzuziehen. Es misslingt. Ich habe einfach keine Kraft. Meine Stimmung wird noch mieser. Was soll das nur werden? Nichts zu tun, nur rumliegen. Schmerzen überall. Und draußen laufen die Dinge weiter, als wäre nicht passiert.

Dann geht die Tür auf und zwei Männer kommen mit einer fahrbaren Trage herein. „Jetzt wird das Bett frisch gemacht", ruft der eine und will mich mit seiner Stimme aufmuntern. Aber ich bin nicht in Stimmung. Sie heben mich auf die Trage, dann richten sie mein Bettzeug, ziehen die Ente aus ihrer Halterung und entsorgen den Inhalt im Bad. Als sie fertig sind, verfrachten sie mich wieder ins Bett, Decke drüber. „Gute Besserung weiterhin." Türe zu.

Ich bin ein bisschen erschöpft von der Prozedur und döse vor mich hin. Klopfen. Die Tür geht auf und die Oberärztin kommt herein. Frau Schubert, erinnere ich.

„Was machen ihre Schmerzen?"

„Schlimmer geworden."

„Ich gebe ihnen etwas dagegen. Wie ist es mit der Bewegung?"

Ich versuche mich hochzuziehen. Schaffe es fast.

„Na, das sieht doch nicht schlecht aus. Heute Nachmittag kommt wieder die Physiotherapie. Wer ist das bei ihnen?" Sie schaut in ihre Unterlagen.

„Frau Gündogan", sage ich schnell.

„Aha, da sind sie gut aufgehoben." Sie wendet sich der Tür zu. „Wir werden sie heute noch einmal durchs MRT schicken. Sie müssen Geduld haben, aber insgesamt sieht es sehr gut aus."

Schon in der Tür, nickt sie mir noch einmal zu. „Weiter gute Besserung." Und schon ist sie verschwunden.

Das wird jetzt jeden Morgen so sein. Puls, Temperatur und Blutdruck. Katzenwäsche. Bett richten.

Kurze Visite. Dann kommt irgendwann das Frühstück. Danach Zimmerreinigung. Zwischendurch erscheint jemand und will etwas wegen der Versicherung wissen. Als ich gerade ein bisschen eingeschlafen bin, kommt ein kräftiger junger Mann herein.

„Ich bringe sie zum MRT", sagt er und schnappt sich das Bett, schiebt es gekonnt durch die Tür, den Gang entlang zum Fahrstuhl. Dann geht es abwärts. Wieder ein Gang. Dann ein Warteraum, in dem einige Personen sitzen. Keiner redet.

Als ich schließlich wieder ins Zimmer gebracht werde, ist die Liebste da. Sie strahlt mich an. Ich freue mich.

„Wie geht es dir? Ich habe Neuigkeiten", sprudelt sie los. Ich schaue sie misstrauisch an.

„Es ist eine gute Nachricht. Ich bin schwanger."

„Oh", bringe ich hervor und schaue sie mit großen Augen an. Ihr Gesicht strahlt. Aus ihren Augen strömt Liebe und füllt mich. Ich ziehe mich an meinem Griff in die Höhe. Es funktioniert, als hätte mir die Nachricht Kraft gegeben.

„Da muss ich aber zusehen, dass ich hier schnell rauskomme. Das Eckzimmer ausräumen. Wollte ich ja immer schon machen. Da muss neue Farbe ran, vielleicht auch den Fußboden erneuern. Und ich liege hier rum", sage ich resigniert.

„So schnell kommt das Kind nicht", lacht mich die Liebste an. Sie ist wunderbar.

„Spürst du schon etwas?", will ich wissen.

„Wo denkst du hin. Ist doch noch ganz frisch. Außer, dass mir immer übel ist. Vielleicht sollte ich mich krankschreiben lassen? Da könnte ich immer hier bei dir sein."

„Besser nicht. Einer muss schließlich Geld verdienen." Ich erzähle ihr vom Besuch des Chefs, dass er Wichert auf meinen Posten gesetzt hat und ich mir ein paar Sorgen mache. Von meinen bösen Träumen sage ich nichts.

Sie zuckt mit den Schultern. „Das wird schon nicht so schlimm werden. Ich habe mich schon gefragt, wer dieses riesige Gesteck angeschleppt hat. Sieht ihm ähnlich." Ich weiß nicht, ob sie das Blumenmonster oder die Maßnahmen des Chefs meint.

Dann springen ihre Gedanken wieder zu dem, was ihr wirklich wichtig ist. „Wenn das Baby da ist, beginnt für uns ein neues Leben. Ich freu mich ja so." Sie kann nicht sitzen bleiben, springt auf und läuft im Zimmer hin und her.

„Ich habe schon mit Conny geredet. Von ihr können wir Babysachen bekommen." Na, war doch klar, dass ihre Freundin die Neuigkeit eher erfahren hat als ich. Sie schaut mich an und errät meine Gedanken.

„Ich weiß es doch erst seit vorgestern. Und du hast ja geschlafen", grinst sie mich verschmitzt an.

„Es ist so wunderbar", sage ich. „Da machen wir am besten eine Liste, was wir alles brauchen und vorbereiten müssen." Im Kopf beginne ich schon zu sortieren.

„Du wirst jetzt erst einmal wieder gesund. So lange hat das alles Zeit. Ich melde uns schon mal für die Vorbereitungskurse an."

So reden wir noch eine ganze Weile. Es erwärmt mein Herz. Als sie gegangen ist, bleibt mir ein Lächeln. Frau Gündogan bemerkt meine Stimmung, als sie für die Übungen das Zimmer betritt.

„Sie sehen heute schon sehr optimistisch aus", sagt sie und schlägt die Bettdecke zurück, um mit den Beinübungen zu beginnen.

„Ich habe eine gute Nachricht bekommen", schmunzle ich in mich hinein.

Die Übungen sind heute anstrengender. Frau Gündogan verlangt unerbittlich, dass ich selbst die Bewegungen ausführe. Das gelingt noch nicht so gut und ist ziemlich schmerzhaft. Aber sie scheint zufrieden. Als sie mit ihrem Programm fertig ist, schaut sie sich im Raum um.

„Das sind ja schöne Blumen", sagt sie mit Blick auf das Chefgesteck. „Die brauchen Wasser." Und schon läuft sie ins Bad, kommt mit einem vollen Glas wieder, gießt das Wasser an die Pflanze und bringt das Glas zurück. Dann nickt sie mir zu und geht.

Auch der junge Schwarze, Artur, der wieder das Abendbrot bringt, bemerkt meine Stimmung.

„Gute Gedanken helfen bei der Genesung", strahlt er mich an. „Jetzt können sie erst einmal etwas essen. Guten Appetit." Und schon ist er wieder draußen.

Heute stört mich niemand bei der Mahlzeit. Es schmeckt mir sogar. Danach kommt wieder eine Schwester für Puls, Temperatur, Blutdruck und Zähneputzen. Dann noch die Schmerztabletten.

Endlich zieht Ruhe ein. Ich dämmere vor mich hin und schlafe schließlich ein.

Plätschernde Wellen, unendliche Weite, Licht und Wärme. Meine Füße stehen im warmen Wasser. Kleine Fische umspielen sie, knabbern an der Haut. Es kitzelt. Nach und nach wird es schmerzhaft. Sie fressen an mir. Saugen. Nehmen alle Kraft aus mir heraus. Ich muss sie ernähren. Sie nehmen von mir. Ich werde immer weniger. Angst steigt hoch. Sie ist ein grünblauer Nebel. Sie feixt, hat mich in ihren Klauen. Wie soll ich mein Kind ernähren, wenn ich keinen Job mehr habe, wenn der Boden unter meinen Füßen schwindet? Der grünblaue Nebel nimmt das Gesicht von Wichert an. Er schaut mich höhnisch an, lässt mich liegen und läuft weiter. Er kann gut rennen, läuft der Zukunft entgegen. Ich kann nicht mithalten. Meine Kräfte schwinden. Ich sinke zu Boden.

Mein Kopf liegt am Rande der Wellen. Aus dem Wasser steigt das Gesicht der Liebsten. „Was strengst du dich an? Die Zukunft kommt auch so zu dir. Du kannst sie erwarten. Alles ist bereit.“

Soll ich ihr glauben? Aber was bleibt mir übrig? Ich weiß nicht, was die Zukunft für mich bereithält. Ich weiß nicht, was ich tun kann. Also muss ich glauben, dass alles gut wird. Aber wo ist mein Glaube? Ich schaue mich um. Da ist nichts. Ich schaue weiter. Nichts. Überall kriechendes Grünblau. Es drängt mich zurück. Wohin kann ich ausweichen? Überall Nebel. Ich ziehe mich zurück. Noch mehr. In mich hinein. Dort glimmt etwas, golden und zart. Ist das mein Glaube? Außen nur kalte, grünblaue Angst. In mir ist es warm und golden. Meine Zuflucht.

Ein Licht. Es ändert seine Form und Farbe, wird durchscheinend. Dann Muster, die sich bewegen. Sie laufen zusammen zu einer kleinen, leuchtendsmaragdenen Kugel, verschwimmen wieder. Im Hintergrund scheint ein gleißend weißes Licht auf, für einen kurzen

Moment. Dann wieder langsam kreisende Formen, sich durchdringend, verschmelzend, immer langsamer. Ewigkeit breitet sich aus.

Ein feiner Ton, wie ein zartes Rauschen. Er gewinnt Raum in meinem Inneren. Ich kann ihm folgen. Er schwillt an. Verebbt wieder. Wandelt seine Höhe. Aber er ist immer da. Wohin führt er mich? Er hat kein Ziel. Er füllt den Raum, er ist der Raum. Ewigkeit breitet sich aus.

In mir schwingt es. Eine zarte Vibration, überall, im ganzen Körper, in allen Gliedern. Sie hüllt mich ein, durchdringt mich. Sie lädt mich auf, gibt mir Gesundheit und Kraft. Ich spüre Weite, Unendlichkeit. Erhebe mich, schwebe. Ewigkeit breitet sich aus.

Licht, Ton, Schwingung. Harmonie. Ruhe. Sicherheit. Tiefer Schlaf hüllt mich ein. Ewigkeit breitet sich aus.

ACHT

Ich erreiche den Fahrstuhl. Er wird mich von der protzigen Eingangshalle ins siebente Stockwerk bringen, in die Räume des Projektbüros, bei dem ich seit Jahren arbeite. Der Weg bis hierher, bis zu diesem Moment an der Fahrstuhltür war lang. Die Wochen im Krankenhaus zogen sich hin. Komplikationen. Dann in die Reha, eine triste Klinik von mittelmäßigem Niveau. Biblischer Altersdurchschnitt bei den Insassen, langweiliges Personal. Die Zeit tropfte zäh vor sich hin. Quälend langsamer Heilungsprozess. Endlich nach Hause. Auch hier wieder Schonung, langsames zu Kräften kommen. Spaziergänge in den ausgedehnten Grünanlagen der Stadt. Eigentlich eine erholsame Zeit, aber Gift für meine Ungeduld. Ich war immer noch abgehängt, kam nur langsam wieder in Takt. Der einzige Lichtblick war der wachsende Bauch der Liebsten. Bei dem Gedanken an sie, meinen Sonnenschein, muss ich lächeln. Den Fahrstuhl lässt das kalt. Er arbeitet vor sich hin. Erst wenn seine Zeit gekommen ist, wird er sich öffnen.

Jetzt ist es so weit. Mit einem schmatzenden Geräusch verschwindet die Tür und gibt den Blick in den leeren Raum mit seinen Spiegeln frei. Sie glänzen makellos. Ich mache den Schritt über die Schwelle und spüre den leichten Schmerz in der linken Hüfte. Er wird mir bleiben, sagen die Ärzte. Genauso wie das leichte Nachziehen des Beins.

In wenigen Sekunden hat der Fahrstuhl die Stockwerke erklommen. Die Tür öffnet sich. Ich trete heraus und stehe vor der großen Glastür, hinter der ein Empfangsraum mit einem Tresen voller künstlicher Orchideen den Blick auf sich zieht. Leer. Ich lege meinen Chip an die vorgesehene Fläche. Nichts. Kein Summen. Die Tür bleibt geschlossen. Das geht ja gut los, denke ich. Wahrscheinlich haben sie routinemäßig den Code geändert. Ich drücke auf den Klingelknopf. Nach einigen Sekunden öffnet sich im Hintergrund eine Tür und eine junge

Frau trippelt heran. Kurz bevor sie die Glastür erreicht, erkennt sie mich. Sie strahlt mich an und öffnet die Tür.

„Das ist ja supertoll, dass du wieder da bist", begrüßt sie mich. „Funktioniert dein Chip nicht mehr? Oder hast du ihn wieder mal vergessen?". Betty kann sich offenbar noch an mich und meine Schusseligkeit in den alltäglichen Dingen erinnern. Eine gute Assistentin.

„Alles in Ordnung bei dir?", frage ich, um irgendwie ins Gespräch zu kommen und vielleicht etwas zu erfahren, was für meinen Wiedereinstieg wichtig sein könnte. Die Nachrichten aus der Firma waren in den letzten Monaten nur äußerst spärlich zu mir geflossen.

„Mir geht es gut", sagt sie leichthin. Dann verdunkelt sich ihr Blick. „Obwohl, na du wirst ja sehen. Ich wollte einfach noch abwarten, bis du wiederkommst. Mit dir als Chef hat die Arbeit immer Spaß gemacht."

Das klingt nicht gut und macht mich unruhig.

„Ist der Big Boss da?"

„In seinem Zimmer."

„Ich geh da gleich mal rein."

Sie nickt, macht eine Handbewegung in Richtung des Allerheiligsten, dreht ab und geht wieder in ihren Raum. Ich stapfe weiter und erreiche das Büro meines Chefs. Kurzes Klopfen, dann öffne ich die Tür und trete ein. Der Chef sitzt mit einem Mann am Besprechungstisch. Sie sitzen über Eck, die Sessel zurückgeschoben, bequeme Haltung, ein Gespräch in vertraulicher Atmosphäre. Der Blick des Chefs hebt sich zu mir. Erkennen, aber keine Freude. Der andere sitzt mit dem Rücken zu mir, dreht seinen Kopf in meine Richtung. Wichert. Er steht auf, murmelt etwas, drückt sich an mir vorbei und verlässt den Raum.

„Schön, dass du wieder da bist", sagt der Chef, erhebt sich und kommt auf mich zu. Er schüttelt mir die Hand und floskelt vor sich hin, während er mich zum Tisch zieht.

„Setz dich. Wir müssen gleich ein paar Dinge besprechen. Willst du einen Kaffee?", fragt er und angelt sein Telefon vom Schreibtisch. Ich verneine. Er ruft eine Nummer aus dem Speicher und wartet auf die Verbindung, während er sich wieder in seinen Sessel an den Besprechungstisch setzt. Nach einer Weile gibt er auf und legt das Telefon vor sich hin.

„Eigentlich wollte ich, dass Rita, unsere neue Personalchefin, an dem Gespräch teilnimmt. Aber ich erreiche sie gerade nicht. Na egal. Wir kennen uns ja lange genug und sind Profis. Da wird es sicher keine Schwierigkeiten geben." Er versucht ein verbindliches Lächeln. Mir wird mulmig. Das ist keine gute Einleitung und meine Befürchtungen, die ich in den letzten Wochen ganz gut verdrängen konnte, steigen mit einem Mal wieder in mir hoch.

Ein eigenartiges Kribbeln durchzieht mich. Mein Mund wird trocken.

Er erklärt mir, wie sehr er mich persönlich schätzt. Auch meine Arbeit sei immer für die Firma wichtig gewesen. Davon wird mir nicht besser zumute. Ich muss schlucken und versuche zu lächeln. Es misslingt.

Dann setzt er mir in geschäftsmäßigem Ton auseinander, wie schwierig sich das Geschäftsumfeld gerade entwickelt. Die Konkurrenz. Die allgemeine wirtschaftliche Lage und die Besonderheiten des arabischen Marktes. Er kommt richtig in Fahrt, denn über diese Themen redet er bestimmt dreimal pro Woche. Meine Befürchtungen wandeln sich allmählich in Angst.

„Wichert macht einen wirklich tollen Job. Er hat sich super eingearbeitet und liefert erstklassige Ergebnisse ab." Aha, jetzt kommt er der eigentlichen Sache näher.

„Wir haben beschlossen, dass er das Projekt fort-führt. Für dich müssen wir noch etwas Neues su-chen." Jetzt ist es raus. Ich muss tief atmen und ver-schränke die Arme vor der Brust. Als mir einfällt, welches Signal ich mit dieser Geste gebe, korrigiere ich meine Haltung schleunigst. Er soll nicht mer-ken, wie schwer mich seine Worte treffen, wie sich in mir alles zusammenzieht,

„Was sagt denn Dubai dazu?", werfe ich meine letzte Hoffnung in die Waagschale. Schließlich hatte ich ein exzellentes Verhältnis zu den Kunden und wurde von diesen persönlich sehr geschätzt.

„Die wissen noch nicht, dass du endgültig raus bist." Aha, so klingt das also, wenn man das Ge-schmuse weglässt. „Außerdem hat Wichert dort in-zwischen auch Beziehungen aufgebaut", setzt er noch hastig hinzu. Dabei weiß er genau, dass man in den arabischen Ländern Jahre braucht, bis man eine wirkliche persönliche Reputation errungen hat.

„Was passiert, wenn ihr für mich nichts findet? Ich hatte fest damit gerechnet, demnächst Partner zu werden." Ich würge die Frage heraus, versuche, meine Position zu finden.

„So weit ist es ja noch nicht", entgegnet er jovial. „Selbst dann, aber wie gesagt, eigentlich ist das völlig ausgeschlossen, werden wir eine Lösung finden, die auch deine Interessen berücksichtigt. Mindestens kannst du mit einer dicken Abfindung rechnen", hängt er noch an und feixt mich mit verschwörerischem Gesichtsausdruck an. Mir ist nicht zum Lachen. Jetzt hat er mir die Nichtperspektive gezeigt. Ich spüre Ohnmacht aufsteigen. Und Hass. Und eine abgrundtiefe Leere.

Er merkt, wie sich meine Stimmung versteift, klatscht sich auf die Schenkel und erhebt sich aus dem Sessel.

„Gib mir noch vier Wochen", sagt er im Stehen und wendet sich der Tür zu. Mir bleibt nichts übrig, als auch aufzustehen und ihm zur Tür zu folgen.

„In vier Wochen bekommst du unser Angebot, schriftlich, versteht sich. Bis dahin solltest du dich noch krankschreiben lassen. Inzwischen zahlt das ja die Berufsgenossenschaft und nicht die Firma", zwinkert er mir kumpelhaft zu. „Falls du noch ein paar persönliche Sachen hier hast und mit nach Hause nehmen willst, bitte gerne. Ich sage Andrea Bescheid, dass sie dich begleitet."

Er serviert mich scheibchenweise ab. Ich bin wie betäubt, kann nicht mehr reagieren. Er schiebt mich durch die Tür. Draußen steht Andrea, seine Sekretärin. Sie begleitet mich zu meinem Schreibtisch. Ich schaue kurz die Sachen durch und nehme ein paar persönliche Dinge an mich. Das Großraumbüro ist mäßig besetzt, aber ein paar Blicke beobachten mich. Betty steht in der Nähe der Tür, als ich mich zum Gehen wende. Ich rufe dich an, formt ihr Mund lautlos. Dann verlasse ich die Firma.

Der Fahrstuhl rauscht nach unten. Angst. Es ist die kalte, blaue Angst, die nach mir greift. Ich spüre sie

überall. Sie drückt kalten Schweiß aus mir heraus. Mein
Atem ist flach. Sie greift nach meinem Leben, bedroht
mich, bedroht die Liebste, das ungeborene Kind. Ich kann
beide nicht schützen. Mir wird übel. Unter mir wankt
der Boden. Ich sehe, wie das Fundament, auf dem meine
Füße stehen, weggespült wird. Stück für Stück löst es
sich auf und verläuft ins Nichts. Ich beginne zu rutschen,
zu fallen.

Mit einem leichten Ruck bleibt der Fahrstuhl stehen. Ich bin unten angekommen. Es geht nicht mehr
weiter. Ich verlasse die Enge, durchquere die Eingangshalle, ins Freie. Frische Luft, Geräusche. Ich
spüre mich wieder. Um mich herum geschäftige
Menschen.

Mir ist elend. Ich mache einen tiefen Atemzug,
aber es wird nicht besser.

NEUN

„Ruf doch in Dubai an", sagt die Liebste, zuckt ein wenig mit der linken Schulter und zieht eine Augenbraue hoch. Das macht sie immer, wenn sie auf Angriff schaltet. Ich bewundere sie dafür. Egal was passiert, sie verliert nie ihren Mut.

„So einfach geht das nicht. Ich kann doch nicht plötzlich den Emir anrufen und fragen, ob er einen Job für mich hat. Außerdem ist da noch die Wettbewerbsklausel im Aufhebungsangebot. Ich würde die Abfindung einbüßen. Und die Kohle können wir wirklich gut gebrauchen." In meinem Kopf rattert der Rechner los. Wie lange können wir ohne mein Einkommen überleben, ohne abzusteigen. Ein Jahr? In drei Monaten kommt das Baby. Meine Brust wird eng. Ich muss einen tiefen Atemzug nehmen.

„Aber vielleicht kennst du jemanden, der dort bekannt machen kann, dass du frei bist", bleibt sie dran.

Wir sitzen am Frühstückstisch. Alles ist aufgegessen, aber diese halbe Stunde nach dem Sonntagsfrühstück ist immer schon unsere kreative Phase. Hier schmieden wir Urlaubspläne und bereden alles, was uns im Laufe der Woche beschäftigt hat. Seit Wochen gibt es nur noch ein Thema. Wie soll es weitergehen? Jetzt liegt das Auflösungsangebot des Chefs auf dem Tisch. Es ist nicht schlecht, aber zwingt mich zu einem völligen Neuanfang. Wenn ich es annehme, bekomme ich zwar einen Batzen Geld, darf aber für drei Jahre keinen Job in der Branche annehmen. Ich bin raus und muss irgendwo völlig von vorn anfangen.

„Wenn ich unterschreibe, dann kann ich in dem Bereich nicht mehr arbeiten", halte ich dagegen.

„Dann unterschreibst du eben nicht", sagt sie trotzig.

„Dann verlieren wir viel Geld."

„Na und, ist doch nur Geld. Aber du gewinnst deine Freiheit". Sie ist in diesen Dingen wirklich radikal.

Mein Handy klingelt. Eine unbekannte Nummer, Vorwahl 971.

„Wenn man vom Teufel spricht. Das ist ein Anruf aus Dubai."

„Geh ran", sagt sie mit großer Anspannung.

„Ja doch", erwidere ich und greife zum Hörer.

„As-salamu alaykum", höre ich die formelle Begrüßung. Die Stimme kommt mir bekannt vor, aber ich kann den Anrufer nicht einordnen.

„Wa alaykumu as-salam". Ich halte mich an die Form.

Der Anrufer sagt seinen Namen und wechselt in ein akzentfreies Deutsch.

„Wir haben uns im vergangenen Jahr auf der Cityscape Global in Riad kennengelernt. Nach ihrem Vortrag haben wir uns noch kurz über Immobilienentwicklung ausgetauscht, besonders über Freizeitparks. Ich fand ihre Ansätze sehr interessant."

„Ich erinnere mich". Jetzt sehe ich den Anrufer vor mir. Groß, schlank, mittleres Alter, eine kleine Narbe über der linken Augenbraue.

„Ich rufe sie im Auftrag seiner Exzellenz, des Emirs, an. Wir würden gern mit ihnen über das Projekt, für das sie bis vor einigen Monaten verantwortlich waren, und über weitere Projekte sprechen. Wir schätzen hier alle ihr Engagement und ihr Herangehen außerordentlich."

Einer dieser seltenen Momente, ein Hauch von Zukunft. Mein Gehirn wird geflutet. Ich bin ganz vorn, an der Spitze, erlebe gerade, wie Zukunft zur Gegenwart wird. Es kommt gerade etwas in die Welt, von dem die Allermeisten nichts wissen, noch nicht. Für sie ist es noch Zukunft. Für mich wird es gerade zur Gegenwart, ich kann es beeinflussen. Für die Anderen sieht das so aus, als würde ich jetzt Zukunft gestalten. Meine Entscheidung jetzt, in dieser meiner frischen Gegenwart, beeinflusst den Lauf der Dinge in der Zukunft meines Chefs, der Firma, beeinflusst das Leben meiner Liebsten und das des noch ungeborenen Menschen in ihr. Die Zukunft erscheint in meiner Gegenwart, bevor sie für die Anderen als Gegenwart sichtbar wird. In diesem Moment bin ich an der Spitze, kann vor den Anderen handeln und die Ereignisse gestalten. Jetzt tritt Zukunft in meine Gegenwart ein. Wenn ich den Moment verpasse und nichts tue, laufen die Ereignisse zu den Anderen, werden zu deren Gegenwart und von ihnen beeinflusst. Es kommt darauf an, in jedem Moment wach zu sein für die Möglichkeiten, die aus der Zukunft kommen. Ich muss mutig handeln, bevor die Ereignisse in die Welt wandern, für alle sichtbar werden und sich meinem Einfluss nach und nach entziehen.

„Wir wollen sie unbedingt an Bord haben. Ich habe die Vollmacht des Emirs, ihnen eine Million

Dollar als Einstiegsgeld zu bieten", spricht der Anrufer weiter. „Für sie liegt ein Erste-Klasse-Ticket bei Emirates bereit, wann immer sie fliegen können. Wir würden uns außerordentlich freuen, sie in Kürze hier begrüßen zu dürfen, um alle weiteren Details ihrer Tätigkeit und ihres Vertrags zu besprechen."

„Ich kann morgen kommen", höre ich mich sagen. Das war jetzt vielleicht etwas vorschnell, schießt es mir durch den Kopf. Aber in meinem Inneren scheint ein Knoten zu platzen.

„Wunderbar, ich danke ihnen. Bitte notieren sie noch ein paar Details."

Als ich aufgelegt habe, bemerke ich den Schweiß auf meiner Stirn. Ich habe das Gefühl, einen wichtigen Hebel betätigt zu haben, souverän und ohne Zögern. Die Liebste grinst mich an.

„Siehst du, man muss an die Zukunft glauben", sie lehnt sich zurück und streicht über ihren Bauch.

„Dann bemerkst du sie auch, wenn sie eintritt, und kannst zupacken. Ich bin stolz auf dich."

„Wieso das denn", schaue ich sie misstrauisch an.

„Weil du im entscheidenden Moment nicht gezögert hast. So bist du Herr deines Schicksals, unseres Schicksals." Sie legt ihre Hand auf meinen Arm.

„Er hat mir eine Million geboten", sage ich leise. „Damit kann ich auf die Abfindung verzichten und bin frei."

„Wow, so viel Geld", sagt sie nachdenklich. „Ist da irgendwo ein Haken?"

Ganz tief in meinem Inneren steigen Zweifel auf, ganz langsam und leise. Ob das Leben in dem fremden Land gut ist für uns? Für die Liebste? Für unser Kind? Es fühlt sich an, als würde ich an einer Angel hängen. Ich schüttle es ab.

„Was soll schon passieren? Schließlich habe ich die Patente und außerdem noch eine Menge Ideen im Kopf."

„Sei bloß vorsichtig. Du weißt ja, Geld ist nicht alles." Ihre Stimme hat einen dumpfen Klang und ihr Blick geht zur Seite. Dann hebt sie den Kopf und schaut mich fest an. „Du entscheidest nicht nur für dich allein, sondern für uns alle."

ZEHN

Ich mache es mir in dem breiten Sessel bequem, schaue aus dem Fenster aufs Rollfeld. In wenigen Minuten wird die Maschine ablegen, zur Startbahn gleiten und sich dann in die Luft erheben. Noch ist das Zukunft. Was wird sie bringen? Alles ist möglich, Gutes wie Schlechtes? Meint der Emir es ernst? Komme ich überhaupt in Dubai an? Hat Chef von der Sache Wind bekommen und durchkreuzt sie mir noch? Kann die Liebste in dem so fremden Land leben und glücklich werden? Wie soll unser Kind gedeihen? Bin ich der Aufgabe gewachsen? Wo gibt es einen Haken?

Seit gestern Abend kreisen diese Zweifel ständig in meinem Kopf. Ich weiß, dass sie unsinnig sind. Es sind Fragen an die Zukunft, für die es jetzt keine Antworten gibt. Sie kommen erst, wenn Zukunft zur Gegenwart wird. Also muss ich mir nicht ständig den Kopf damit zermartern. Aber ich kann es nicht ändern. Die Gedanken kreisen. Die Zweifel bohren sich immer wieder in mein Hirn.

Ich lehne mich in den Polstern zurück, beobachte, wie die riesige Maschine auf die Startbahn einbiegt. Das weite Feld vor sich. Sie rollt an, beschleunigt und hebt ab. Ich schließe die Augen.

Spüre ich Flugangst? Nein, es sind die vielen Fragen an die Zukunft, die mich bewegen, ablenken und ängstigen. Ich weiß, dass sie unsinnig sind, aber ich habe sie nun einmal. Sie kommen aus den Tiefen meiner Unsicherheit. Sie kommen aus dem Nebel. Ich kann sie nicht weganalysieren. Aber ich habe einen anderen Weg, gefunden im Krankenbett. Ich atme tief und gleichmäßig. Zähle mit dem Atem langsam bis Zehn und dann wieder zurück. Ich konzentriere mich. Schließlich bemerke ich den feinen Ton in mir, folge ihm, entdecke das Licht, spüre die Schwingung. Ruhe schwillt an, hüllt mich ein.

Gewissheit breitet sich aus. Sie verdrängt die Ängste. In den Ecken hocken Fragen, auf die es keine Antworten gibt. Fragen an die Zukunft, die sich in Nebeln verbirgt. Ich ahne Konturen, aber es sind Vermutungen, Wünsche und Vorstellungen, die sich aus meinem Inneren in den Nebeln projizieren. Sie verkleiden sich als Antworten, aber sie sind keine. Manchmal ähneln sie dem, was sein wird. Oft aber sind es Irrtümer.

Ich versuche, in den Nebel einzudringen. Ich sehne mich nach Antworten. Wird der Emir Wort halten oder mich betrügen? Werde ich erfolgreich sein oder scheitern? Kann unser Glück in der Fremde liegen? Sollte ich lieber bescheiden bleiben und mich mit weniger zufrieden geben? Meine Fragen an die Zukunft verhallen im Nebel.

Was auch immer aus der Zukunft in meine Gegenwart dringt, ich kann es nicht vorhersehen. Ich muss es leben.

Kraft strömt in mich ein.

Ich darf es leben. Ich kann es leben.

Epilog

Eines Tages, in der Zukunft, werde ich auf die Ereignisse zurückschauen. Warum musste der Unfall passieren? Warum kam das überraschende Angebot des Emirs? Vielleicht erkenne ich dann den Sinn hinter all dem, was ich erlebt habe? Vielleicht auch nicht. Möglich, dass ich mir einst einen Sinn zusammenreime, weil ich ihn brauche. Ist es nicht oft so, dass wir einer Sache im Nachhinein einen Sinn zuschreiben? Oder dass sich der Sinn erst enthüllt, wenn alle Puzzleteile aus dem Nebel der Zukunft sichtbar geworden sind?

Aber vielleicht nehme ich die Dinge auch einfach hin und freue mich darüber, dass ich sie überstanden habe und etwas aus den Angeboten der Zukunft gemacht habe. Das Leben zu meistern, heißt nicht, immer alles richtig zu machen oder immer Erfolg zu haben. Dazu gehört auch, das Leben auszuhalten und in dem Moment, in dem die Zukunft in der Gegenwart erscheint, das zu tun, was man für richtig hält. Und dabei frohen Mutes zu sein.

Eines Tages werde ich mit der Liebsten zusammensitzen und ihr von meinen Träumen und von den Nebeln meiner Ängste erzählen. Ganz bestimmt werde ich das tun. Wahrscheinlich wird sie mich dann nur kurz anschauen.

„Ein Anagramm. Wenn du Nebel von hinten liest, dann ist es Leben", wird sie sagen, mit der linken Schulter zucken und eine Augenbraue hochziehen.

Stefan Fourier ist promovierter Physiker, war Manager, erfolgreicher Unternehmer und Unternehmensberater. Heute arbeitet er als *freier Schriftsteller* und ist *Mentor für Menschen in Verantwortung*. In seinen Texten erzählt er von seinen Erfahrungen und Einsichten, gibt Impulse und Denkanstöße, lotet die Räume zwischen Fiktion und Wirklichkeit aus.

Stefan Fourier ist verheiratet und lebt mit seiner Frau idyllisch am Rande des Deisters. Seine Vorlieben: Neues entdecken, Reisen, Wandern, Garten, Enkel, Golf, gute Geschichten, Fantasy, orientalisches Essen und mit den Nachbarn zu klönen.

www.fourier.de

Stefan Fourier, Auswahl seiner Bücher:

Schlau statt perfekt – Wie Sie der Perfektionis-
musfalle entgehen und mit weniger Aufwand
mehr erreichen
BusinessVillage, Göttingen 2015

Die Sandwich Connection – Wie Sie tragfähige
Netzwerke aufbauen und Ihre Souveränität zu-
rückgewinnen
BusinessVillage, Göttingen 2016

Wir führt! – Das Humanagement Manifest,
Fundamentale Denkprinzipien für Führungskräfte
BusinessVillage, Göttingen 2019

Eisbär und Pinguin – Gemeinsam sind wir stark.
Eine Fabel über die Rettung der Welt
BoD, Norderstedt 2021

Die Bank am Rande des Waldes – Ein Gespräch
über Glück und den Sinn des Lebens
tredition, Ahrensburg 2023

Die Bank am Rande des Waldes

Ein Gespräch über Glück und den Sinn des Lebens

In der Morgendämmerung mache ich mich auf den Weg. Ich liebe diese frühe Stunde, bevor der Tag aus den Federn kriecht, noch behäbig in den Schleiern der Nacht hängt und langsam beginnt sich zu regen. Mit langen Schritten erreiche ich den Waldrand, tauche in die feuchte Kühle und beginne meine Wanderung. Unter hohen Buchen geht es bergan, bis ich nach Stunden den Kammweg erreiche. Inzwischen ist die Sonne aufgestiegen und lugt über den Rand der Welt. Tau glitzert im Gras. Im Unterholz lärmen Finken. Ich bleibe eine Weile stehen, um die Weite des Himmels und die Einsamkeit in mich aufzunehmen.

Ich habe mir viel vorgenommen für heute. Nicht nur eine lange Wanderung durch die Wälder, sondern auch eine Wanderung der Gedanken. Es wird Zeit, mich zu sortieren. Der große Einschnitt in mein Leben hat alles verändert. Alles, was mich ausmachte, steht in Frage. Schwerpunkte haben sich verschoben, Freunde und Bekannte schwinden. Jeder folgt seinem eigenen Lebensweg. Meiner ist abgebogen. Was kommt jetzt?

Ich setze meinen Marsch fort, bergab jetzt durch den langsam lichter werdenden Wald. Schließlich erreiche ich die letzten Bäume und vor mir liegt eine weite Ebene. Der leichte Morgendunst löst sich aus den Feldern. Dazwischen eingebettet liegen Waldflecken. Der Blick kann ungehindert bis zum Horizont schweifen. Dort, in weiter Ferne, erstrecken sich Berge. Windräder stören das Bild; Zeichen einer neuen Zeit? Im Tal kann ich den kleinen Ort sehen. Vielleicht finde ich dort einen Biergarten, einen gemütlichen Ort, um meine Gedanken zu sortieren. Gerade will ich weitergehen, als mein Blick auf die Bank fällt.

Sie steht am Rande des Waldes, direkt unter einem Haselgebüsch. Ich kann mich nicht erinnern, sie hier schon einmal gesehen zu haben. Dabei bin ich diesen Weg schon manches Mal gegangen. Erst heute fällt sie mir auf, unter die Zweige geschmiegt, mit Ausblick über den sanften Abschwung der Felder und Wiesen. Dabei wirkt sie nicht neu, sondern leicht verwittert, als würde sie schon Jahre hier sein.

Ich denke nicht weiter darüber nach, sondern freue mich über die schöne Gelegenheit einer Rast. Ich setze mich. Welch ein wunderschöner Ausblick ins Tal. Meinen kleinen Rucksack stelle ich neben mich auf die Bank. Ich denke an den leicht geweißten Kaffee in der Thermoskanne und die frisch geschmierten Brote. Aber ich lasse die Sachen noch im Rucksack. Erst einmal ankommen. Ich atme die einsame Stunde inmitten der Natur.

Vor mir breitet sich eine bunte Wiese aus. Der Fingerhut springt ins Auge, purpurnes Lila. So schön und so giftig. Dazwischen ragen hohe Disteln, prächtig mit ihren Blütenbällen. Am Rand zum Wald hin stehen Glockenblumen. Gundermann macht sich überall breit. Es ist schön hier.

Meine Gedanken mäandern.

Kindheit. Schulzeit. Studium. Meine Kinder. Die Enkel. Meine Frau. Beruf. Erfolg und Scheitern. Siege.

Alles Erinnerung. Mein Atmen wird flacher. Dann muss ich tief schnaufen und bin wieder hier.

Hinter mir ein Geräusch. Jemand kommt durch den Wald und strebt der Bank zu, auf der ich sitze. Ich straffe mich ein wenig.

Will ich Gesellschaft?

Eher nicht.

Vielleicht geht der Mensch vorbei. Nein. Vor mir steht ein alter Mann. Hochgewachsen. Hager. Strahlendes Lächeln.

„Darf ich mich dazusetzen?". Eine angenehme, ruhige Stimme. Die Haltung sehr zugewandt.

Ich nicke und rücke ein Stückchen zur Seite. Er setzt sich. Sein Blick schweift.

„Schön hier."

Dann Schweigen. Es ist ein bisschen, als würde er sich auflösen.

Ich mustere ihn verstohlen von der Seite. Hose und Hemd sind von grobem Stoff, an ein paar Stellen geflickt, aber penibel sauber. Er hat das rechte Bein über das linke geschlagen, den rechten Ellbogen auf sein Knie gestützt und das Kinn leicht auf Daumen und Zeigefinger gelegt. So schaut er in die Ferne. Er ist sicher beträchtlich älter als ich, obwohl seine Haut noch glatt ist und sein Körper Kraft ausstrahlt. Aber sein schlohweißes Haar, die Falten um Augen und Mund und seine knochigen Hände lassen es vermuten.

Das Schweigen breitet sich aus. Es nimmt mich ein. Seine Ruhe und seine Gelassenheit gehen fühlbar auf mich über. Ich schaue wieder geradeaus ins Tal. Es gibt nichts Besonderes zu tun. Stille.

„Was ist Sinn?", höre ich den Alten. Ich schaue ihn an, aber er blickt unverwandt geradeaus.

„Wie meinen sie das?", frage ich. Statt einer Antwort wendet er mir sein Gesicht zu und schaut mich an.

(erschienen 2023, ISBN 978-3-347-98777-7)

Zeitfracht Medien GmbH
Ferdinand-Jühlke-Straße 7
99095 Erfurt, Deutschland
produktsicherheit@kolibri360.de